à mettre au N° 622.

# LE DÉSAVEU

## DES ARTISTES,

### *OU*

## LETTRE A M.****

# LE DÉSAVEU

## DES ARTISTES,

*OU*

# LETTRE A M. ****,

*Servant de réfutation à l'Almanach historique & raisonné des Architectes, Peintres, Sculpteurs, &c. par Gaucher.*

Risum teneatis, amici ? HORAT.

## A FLORENCE,

*Et se trouve à PARIS,*

Chez BRUNET, Libraire, rue des Écrivains.

## M. DCC. LXXVI.

V P

19340

# LE DÉSAVEU

## DES ARTISTES,

### OU

## LETTRE A M. ****

**D**ANs la multitude d'Almanachs que chaque année fait éclore, celui-ci, MONSIEUR, ne doit point se voir confondu dans la foule : il mérite d'être favorablement accueilli, si, comme l'Auteur l'annonce lui-même, l'on y trouve réunis, la notice des plus célébres Artistes vivans, des réflexions sages & utiles sur leurs ouvrages, des dissertations neuves & intéressantes sur chaque Art en parti-

A ij

culier, enfin un tableau fidèle de l'état actuel des Beaux-Arts en France. Ce projet ne pouvoit manquer de plaire & d'intéresser également le Public & les Amateurs. Quel dommage que ce début pompeux, que ces promesses séduisantes se réduisent à servir de masque à l'ouvrage, & de piége à la crédulité des acheteurs! Mais consolez-vous, Monsieur, si l'on se voit trompé dans son attente, on en est bien dédommagé par les observations sages & lumineuses, les distinctions neuves & savantes, les avis importans & sublimes, les traits de génie,.... &c. qu'on rencontre à chaque page dans cet Almanach raisonné. Une analyse succinte suffira pour vous les faire connoître, & justifier en même temps ce conseil d'Horace:

Sumite materiam vestris, qui scribitis, æquam
Viribus.

Dans une espéce de discours prélimi-naire, l'Auteur emploie huit pages de suite à développer l'érudition la plus brillante. Vous y trouverez, Monsieur,

l'énumération de tous les Auteurs Grecs
& Latins qui ont parlé de l'Architecture;
vous saurez que cet Art est le plus
ancien, comme le plus utile de tous;
qu'il a commencé en Egypte, s'est per-
fectionné dans la Gréce, fut accueilli
par les Romains; qu'un Architecte doit
joindre l'étude de la théorie à l'exercice
de la pratique, & autres découvertes
aussi neuves, aussi admirables... Huit
autres pages sont consacrées à parler de
la Peinture & de la Sculpture : mêmes
citations savantes, pour épuiser tous les
lieux communs; nouvel effort d'imagination, pour dire que *la beauté sublime*
*se trouve plus fréquemment sous un ciel*
*benin ; que l'école de Rubens eut le sort*
*d'un misérable qui meurt d'inanition.* Que
dites-vous, Monsieur, de ce *misérable*
*qui meurt d'inanition,* comparé à *l'école*
*de Rubens ?* Voilà ce qu'on appelle un
style figuré; voilà de ces saillies heureuses
qu'on ne sauroit apprécier !

Jusqu'ici, Monsieur, vous avez sans

doute conçu l'allégorie fous l'idée d'une langue qui doit être entendue de toutes les Nations ; vous avez cru qu'elle devoit être fimple, élégante, claire, intelligible. Point du tout, vous êtes dans l'erreur : fachez au contraire que l'on doit avoir *autant de plaifir à en chercher le fens , qu'à en critiquer l'obfcurité. M. l'Abbé le Brun* aime *l'obfcurité.* L'on ne doit pas difputer fur le goût. Voyons ce qu'il dit de la Gravure : même profondeur de connoif-fances , même juftefle de raifonnement. J'efpère, Monfieur , qu'on ne récufera pas l'Auteur dont je vais oppofer les fentimens à *ceux de M. l'Abbé le Brun.*

La Gravure eft une traduction, dit *M. Cochin,* « qui fait paffer les beautés » d'une langue très-riche dans une autre » qui l'eft moins, à la vérité, mais qui » exige des équivalens également infpirés » par le goût & le génie ». Selon l'Auteur de *l'Almanach*, la Gravure n'eft autre chofe qu'*une efpéce de tradudion* qui doit, par le seul effet du clair obscur, rendre son modèle. Mais, d'après cette définition, ce ne seroit qu'une copie froide & servile; & que devient cette variété qui est l'essence de la Gravure, & qui donne à chaque corps le caractère distinctif qui lui convient? Tels sont les équivalens que le génie inspire, dit *M. Cochin*; mais *M. l'Abbé le Brun* n'est pas de cet avis-là. Il n'y a point à balancer, *M. Cochin* doit avoir tort.

En finissant son préliminaire, l'Auteur jette *un coup-d'œil sur la différence des Artistes actuels d'avec ceux des siecles passés.* Vous croyez peut-être, Monsieur, qu'il est question d'un parallele des ouvrages des uns & des autres, d'après lequel on adjugera la préférence à ceux qui dans la carrière auront brillé davantage, atteint le but, triomphé de leurs rivaux: point du tout; il s'agit de choses bien plus sérieuses, bien plus importantes. J'aime à croire que *M. l'Abbé le Brun* a plus de connoisfances en Morale qu'en Peinture: auffi n'a-t-il pas négligé cette occafion pour développer fes talens oratoires par une efpéce de petit fermon très-curieux fur les fept péchés capitaux, dont il accufe les Artiftes. Vous ne ferez point faché, Monfieur, d'en trouver ici quelques paffages. *Enfans d'une ignoble indolence,* s'écrie-t-il dans les tranfports d'un faint enthoufiafme, *nous nous étudions à nourrir délicatement le corps, & à récréer frivolement l'efprit.* Hélas ! *M. l'Abbé,* c'eft en vain que votre imagination exaltée s'efforce d'émouvoir, d'attendrir vos Auditeurs ; leurs cœurs endurcis fe ferment à la fageffe de vos remontrances ; *la vérité trouve leurs cerveaux vuides, lorfqu'elle cherche à y fixer fon empire.* Prenant enfuite un ton plus touchant, plus perfuafif, *N'ayez point, leur dit-il, la vanité du luxe ; que la modeftie releve l'éclat de votre parure ; vos yeux ne vous ont point été donnés pour vous regarder......* Dans un autre endroit, il tonne contre le vice par l'organe de fon *Amateur. Ayez des mœurs*, leur dit-il, *ayez des mœurs pures, & vous ne ferez point affiégés par des befoins fuperflus... Ne vous y trompez point*, Artiftes qui l'écoutez, *ce ne font point les avis d'un Pédagogue, c'eft le langage du Patriotifme...* C'eft plutôt celui d'un zélé Miffionnaire, que la charité pénétre du feu de fon amour, qui voudroit purifier vos ames fouillées par les vices les plus odieux; l'orgueil, l'envie, l'impureté, la gourmandife, la pareffe, &c. En attendant que les Artiftes faffent leur examen de confcience fur tous les péchés dont M. *l'Abbé* s'efforce de les convaincre, voyons ce qu'il dit de leurs ouvrages.

L'Auteur, par un effort d'imagination auffi rare que fublime, a conçu l'idée de divifer tous les Artiftes par claffes, & d'affigner des bornes aux différens genres; mais comme la prudence préfide à toutes fes opérations, il a jugé à propos de fe faire efcorter dans fa marche par des *Sages* & des *Amateurs*, afin que fi par hafard fes diftinctions venoient à paroître auffi frivoles, auffi puériles que fes jugemens, les *Amateurs* & les *Sages* puffent partager avec lui tout le poids du ridicule.

Si l'Auteur fe fût contenté de donner fimplement la lifte des Membres qui compofent l'Académie d'Architecture, avec celle de l'Académie de Peinture, comme elles font entre les mains de tout le monde, cela n'auroit produit rien de piquant, rien de neuf; mais l'homme de génie invente des projets, & les exécute avec cette facilité merveilleufe qui étonne le vulgaire. Pour rendre le fien plus intéreffant, l'Auteur aura dit: Il faut le préfenter fous un autre point de vue; former des claffes particulières; créer de nouveaux genres; inventer de nouvelles dénominations; réunir enfemble tous les Artiftes qui exercent le même talent, pour mettre chacun *à la place qui lui convient.* Je commencerai cette année par la Gravure; l'année fuivante, je pourrai prendre la Peinture ou la Sculpture; je me procurerai les avis d'un *Sage;* je me ferai écrire par un *Amateur;* & par ce moyen j'aurai toujours de quoi fournir environ douze feuilles d'impreffion pour compofer mon *Almanach*: fi cela ne fuffifoit pas encore, je pourrai defcendre aux Profeffions les plus méchaniques, & faire de cet Ouvrage une petite Encyclopédie de poche, qui par la fuite feroit beaucoup de tort à la grande. Fort bien! *M. l'Abbé,* voyons donc en paffant quelques-unes des diftinctions que vous avez taché d'établir parmi les Membres de l'Académie Royale de Peinture.

Vous défignez *M. Roland de la Porte, Peintre de genre & de nature morte*: à la bonne heure; mais perfonne n'ignore que *M. Chardin* a excellé dans ce même genre; & d'après votre projet, il falloit

donc lui donner la même qualification.
Ce qui vous aura peut-être embarrassé,
c'est qu'on vous aura dit que *M. Chardin*
a peint plusieurs sujets d'une touche
neuve, hardie, d'un effet vigoureux,
& qui ne ressembloient point à de la
*nature morte*. Pour vous tirer de là,
vous ne lui aurez point donné d'épithéte:
vous avez raison ; croyez-moi, ce projet
est plus sage que celui de vouloir restrein-
dre les Artistes à ne s'exercer que dans
un seul genre. Quoique *Mademoiselle*
*Valayer* paroisse avoir adopté celui de
*MM. Chardin & Roland de la Porte*, on
ne peut qu'applaudir sans doute à la
nouvelle dénomination que vous avez
inventée pour elle : *Peintre de fleurs & de*
*fruits !* Il est vrai qu'elle peint plus
souvent autre chose que des *fruits &*
*des fleurs ;* mais cela est bien plus ga-
lant pour une Demoiselle, que de
l'appeller *Peintre de nature morte. M. Ca-*
*sanova* est nommé *Peintre de batailles.* Il
a cependant prouvé qu'il savoit peindre

autre chofe que des *batailles* : il n'y en
avoit pas une feule dans les onze tableaux
qu'il avoit annoncés pour le dernier
Sallon. Cela ne fait rien, direz-vous
peut-être, il a traité avec le plus grand
fuccès de très-beaux fujets dans ce
genre ; il mérite cette dénomination.
D'accord ; mais *MM. l'Enfant & Lou-
therbourg* ont fait auffi plufieurs tableaux
de *batailles*, pourquoi donc nommez-
vous l'un *Peintre de genre*, & l'autre,
*Peintre de payfage & de marine ?* Que
*M. Greuze* foit défigné *Peintre de fcènes
pathétiques*, j'y foufcris de bon cœur ;
mais que vous a fait *M. le Prince*, pour
l'appeller féchement *Peintre de genre ?*
De quel genre, je vous prie? *De nature
morte, de fcènes galantes, familières,
férieufes, pathétiques, tragiques, co-
miques, &c.* Il a fait, par exemple,
de très-beaux payfages, dont vous ne
parlez point. Mais de quoi s'avife-
t-il auffi de s'exercer dans plufieurs
genres, fans votre permiffion, afin de

vous mettre encore dans l'embarras de
ne favoir dans quelle claffe le placer?...
Où le placer? Dans celle des *Peintres
de genre*, répondroit hardiment l'Auteur.
Ne fait-on pas que tout tableau qui
repréfente un fujet tiré de l'Hiftoire,
de la Fable, ou une allégorie, s'appelle
un tableau d'hiftoire? Tous les autres
conféquemment font des tableaux de
genre. Voilà qui eft clair, *M. l'Abbé*;
mais fans doute que la grandeur n'y fait
rien, car je trouve dans votre *Almanach,*
*M. Pafquier, Peintre d'hiftoire*. Je ne
m'en ferois jamais douté! Voici une
chofe que je ne conçois pas davantage.
Vous annoncez *M. Olivier, Peintre
d'hiftoire, dans le goût de Wateau*.
*Wateau*, felon vous, étoit donc Peintre
d'hiftoire? Cela eft curieux à favoir, par
exemple! Effectivement je me rappelle
que *M. de Voltaire* fait dire à certain
*Amateur* :

C'eft Dieu le Père, en fa gloire éternelle,
Peint galamment, dans le goût de WATEAU.

Et d'après cela, vous n'aurez pas
manqué de conclure que *Wateau* pei-
gnoit ordinairement l'hiſtoire. Rien de
plus naturel ! Eh bien, malgré cette
autorité, je gage que vous trouverez des
gens aſſez mal-intentionnés pour appeller
cela des *bévues*. Laiſſons-les dire, &
voyons maintenant *les remarques* que
vous a envoyées *l'homme ſage & ſenſé*.
*Elles regardent*, dites-vous, *la partie
méchanique des objets expoſés au Sallon
du Louvre*. Oh ! pour le coup, M. *l'Abbé*,
j'ai beau me donner la torture pour
imaginer ce que cela veut dire, je n'y
puis rien comprendre. Quelle eſt, je
vous prie, cette *partie méchanique* ex-
poſée au Sallon ? Je le donne à deviner
à tous les Commentateurs préſens &
futurs. Ce qui ſe comprend mieux, c'eſt
que votre *Sage* s'annonce pour un
homme poli avec les Dames, car il a
voulu rendre à *Mademoiſelle Valayer*
ſon premier hommage. J'applaudis fort à
ſon reſpect pour le beau Sexe ; j'aurois

cru cependant que les ouvrages de *M. Spandonk* n'auroient pas dû avoir rang dans les remarques du *Sage*, avant ceux des Peintres d'hiſtoire; mais je puis me tromper. Le *Sage*, dites-vous encore, *s'eſt attaché aux moyens employés par les Artiſtes pour parler aux ſens, avant d'arriver à l'eſprit.* Vous ſerez peut-être charmé, Monſieur, de ſavoir comment *M. Greuze*, qui n'a rien expoſé au Sallon, a pu trouver le moyen de *parler aux ſens, avant d'arriver à l'eſprit?* Le *Sage* vous apprendra que c'eſt parce qu'il ſait *cacher ſa marche, & s'envelopper ſous un ton vaporeux.* Ainſi s'exprimoient les Oracles; les Peuples à genoux révéroient la myſtérieuſe obſcurité de leur langage, & s'efforçoient d'en découvrir le ſens. Les *Sages* de nos jours ont, comme les Oracles, le privilége d'être ſouvent inintelligibles. Avec tout le reſpect que je dois au *Sage* de *M. l'Abbé le Brun,* oſerois-je lui demander qui lui a dit que dans le tableau de *M. Greuze,*

repréſentant

( 17 )

repréfentant la Dame de charité, l'on trouvoit *de la monotonie, des négligences, des draperies négligées?* &c. N'y a-t-il pas affez de beautés dignes d'éloges dans ce tableau, fans fe donner la peine de forger des chimères, pour avoir le plaifir de les combattre? Mais il falloit afficher des connoiffances, & prendre une tournure ingénieufe pour dire que *les procédés du génie éveillent les étincelles de lumière & de flamme.* Vous voyez, Monfieur, que le ftyle de l'Auteur ne manque point de chaleur : des *étincelles, des flammes éveillées par des procédés....* Peut-on s'empêcher d'admirer la pompe amphigourique de ces expreffions?

Quoique les *Sages* foient galans pour les Dames, cela ne devroit pas les dif-penfer d'être honnêtes avec les hommes. On lit, à l'article de *M. Vien,* que *le genre de Bamboche n'a pas encore achevé d'abattre le trône de l'Hiftoire.* A travers l'obfcurité dont l'homme *fage* s'envelop-pe, je vois qu'il veut parler des Ouvrages

B

que *M. l'Abbé le Brun* ne voudroit pas
qu'il nommât *tableaux de genre* ; car je
ne sache aucun Artiste de l'Académie
Royale, qui peigne des *Bamboches*,
c'est-à-dire, des figures grotesques, dans
le goût de celle que la nature avoit
donnée à *Pierre de Laer*, surnommé
*Bambozo* par les Italiens, à cause de sa
difformité. Ainsi le genre de *Bamboche*
dont parle le *Sage* de *M. l'Abbé*, ne
peut donc regarder que les sujets en
petit, tels que les ouvrages de MM.
*Lépicié*, le *Prince*, *Aubry*, *Théaulon*,
& même de *M. Greuze*. Ainsi, dis-je,
ce sont eux qui veulent *abattre le trône
de l'Histoire*, la conséquence est toute
simple, & la remarque de l'*homme sage*
on ne peut pas plus honnête. Ce n'étoit
pas la peine de prodiguer des éloges aux
Artistes qu'on vient de citer, pour les
appeller ensuite *Peintres de Bamboches*.
Vous conviendrez sans doute, *M. l'Abbé*,
que vos déguisemens ne font point heureux. Soit que vous preniez le masque

d'un *Sage*, ou celui d'un *Amateur*, on apperçoit malheureusement un bout d'oreille, qui vous décéle. Je passe vos réflexions sur la Sculpture, aussi lumi-neuses que les précédentes, ainsi que l'ennuyeuse nomenclature de tous les Membres de l'Académie de Saint-Luc. Ici *l'Auteur de l'Almanach*, comme on se l'imagine bien, n'a pas négligé de faire des divisions; il a eu le bonheur d'en trouver jusqu'à seize; & vous pré-sumez bien que la Peinture en cheveux n'y est point oubliée, non plus que l'ingénieux Auteur de ce genre sublime.

Après l'article des Peintres, on trouve celui des Dessinateurs; & l'on est tout étonné d'y voir placés *M. de Saint-Aubin*, Graveur de l'Académie Royale, & *M. Moreau* le jeune, Dessi-nateur des Menus-Plaisirs du Roi, quoi-qu'ils ne soient ni l'un ni l'autre de l'Académie de Saint-Luc. Mais ceci n'est peut-être qu'une transposition invo-lontaire : il n'y faut pas regarder de si

B ij

près. Sans doute que, d'après son plan, l'Auteur aura voulu réunir ensemble tous les Deffinateurs en différens genres, afin de mettre chacun à la place qui lui convient. Il eft vrai qu'on ne trouve ni *M. Cochin*, dont le nom feul fait l'éloge, ni *MM. Monnet, Eifen, Marillier* & autres ; mais on ne fauroit fonger à tout ; & quelques erreurs de plus ou de moins ne font point des chofes affez importantes, pour être relevées dans cet *Almanach.* Je ne fais fi les remarques fur les ouvrages de Peinture & Sculpture de l'Académie de Saint-Luc font encore du même *Sage :* quel qu'en foit l'Auteur, je vous en fais grace, ainfi que de l'article des Peintres *à talent.* Venons à cette *Lettre* foudroyante *d'un Amateur,* ou foi-difant tel.

N'eft-il pas affez plaifant que *M. l'Abbé le Brun* fe foit fait écrire cette *Lettre,* avant la publicité de fon Almanach ? Depuis qu'il a reçu une exiftence éphémère, je ferois moins furpris que quelque véritable Amateur, ayant du goût & des connoiffances, ou quelque Artifte même, s'avisât réellement d'écrire à *M. l'Abbé*, *M. Cochin*, par exemple, s'il n'étoit pas trop au-deffus des clameurs indécentes de cet Ariftarque moderne, pourroit le prier de faire fes remercîmens à l'Auteur de cette *Lettre* honnête, dans laquelle on lui reproche indirectement d'avoir *un goût bizarre, un genre fec & maigre, qui a la folle prétention de vouloir repréfenter de grandes chofes avec de traits mefquins, &c.* Quelle injuftice, dira-t-on! l'Auteur ne ceffe de dire que cet Artifte eft *un des premiers de fon fiecle*, de l'appeller *un flambeau de l'Académie Royale*, &c. (*). Je le fais bien;

_____

(*) Ce *flambeau* n'eft pas le feul qu'on trouve dans *l'Almanach raifonné*; il en eft un autre en Suiffe, qui doit être fans doute incomparablement plus grand, plus lumineux que celui de l'Académie Royale, puifqu'il fert lui feul à *éclairer les Treize Cantons!* Voyez dans la claffe des Amateurs de *l'Ifle-en-Flandre*.

& c'est précisément en quoi consiste
cette impardonnable *bévue*. Lorsque
l'Auteur parle de *M. Cochin* avec les
éloges qu'il mérite, il n'est que l'écho
du Public; mais si-tôt qu'il s'avise de
faire parler son *Amateur*, comme il se
tient caché derrière, on voit arriver en
foule les plus jolies épithètes du monde!
Nous aurons occasion d'en relever encore quelques-unes; venons au début de
cette *Lettre*, & voyons si *M. l'Abbé*
est aussi conséquent, aussi lumineux,
sous l'enveloppe de l'*Amateur* que sous
le manteau du *Sage*.

*L'Amateur le félicite du moyen dont
il a fait choix pour tirer de la foule les
Artistes qui se distinguent.* Que cela est
ingénieusement imaginé! Que d'efforts
il a fallu pour trouver ce *moyen* efficace!
De quels sentimens de reconnoissance
les *Artistes* ne doivent-ils pas être péné-
trés à jamais pour *M. l'Abbé le Brun*,
qui veut bien se donner la peine de les
*tirer de la foule!* ..... Mais dans quel

fiecle vivons - nous ? Vous, le favez,
Monfieur, rien n'eft fi beau que de faire
des ingrats ! Eh bien ! perfonne à coup
fûr n'en fera autant que *M. l'Abbé* ; &
pour vous en convaincre, il fuffit de
vous rapporter quelques objections qu'on
a la témérité de faire à l'Auteur de
*l'Almanach*. *Les Artiftes qui font dans
la foule*, dit l'un, doivent apparemment
y refter, puifque le mérite fuffit pour
les en faire fortir, & pour leur donner
de la célébrité ; ceux au contraire qui
fe diftinguent, ne peuvent être *tirés de
la foule* : ils n'y font point, ils s'élevent
d'eux-mêmes, ils n'ont pas befoin des
fecours de *M. l'Abbé* : ou bien cela veut
dire que tous les Artiftes font indiftinc-
tement confondus dans la foule..... Je
voudrois bien favoir où *M. l'Amateur* a
pris toutes ces belles chofes-là ? *Si le
Public approuve la Lettre*, dit un autre,
*il s'exercera annuellement fur des fujets
analogues* au plan de l'Auteur de l'*Al-*

B iv

manach. *Annuellement !* Je l'avois bien
prévu que les Acolytes de *M. l'Abbé* ne
lui manqueroient pas au besoin. Eh bien,
au risque de me tromper, je gagerois
que *M. l'Amateur* s'est caché sous l'enveloppe de quelque *Portier de la rue du
Bacq.* La force des raisonnemens &
l'étendue des connoissances pourroient
en fournir la preuve. Laissons-là les
Détracteurs de *M. l'Abbé le Brun* , &
voyons la suite de la *Lettre* d'un
*Amateur.*

*Deux écueils contre lesquels la Gra-
vure moderne semble vouloir se briser,
effraient depuis quelques années les
Amateurs de cet Art reproductif.* Pour ne
pas faire languir le Lecteur, il faut lui
apprendre que le premier de ces *écueils*
est *la vignette.* Pour le second, je n'en
fais rien, ni l'Auteur non plus. Nous
reviendrons à ce second *écueil,* si nous
pouvons le comprendre. Parlons maintenant du premier, *c'est le goût des*

*vignettes* (\*). Avant d'aller plus loin, ne seroit-il pas à propos de convenir des termes que notre savant Aristarque affecte de confondre, en comprenant sous le nom de *vignettes*, toutes les estampes gravées de la même grandeur du volume où elles sont placées ? Je n'ai cependant pas assez mauvaise opinion de son Jugement, pour croire qu'il veuille appeller du nom de *vignette* l'estampe que *M. Prevost* a gravée pour servir de frontispice à l'Encyclopédie; non plus que les sujets que le même Artiste a exécutés, d'après *M. Cochin*, pour l'édition in-4° de l'Abrégé Chronologique du Président Hénault ? Mais si notre *Amateur* m'accorde cela,

---

(\*) En terme de Typographie, on appelle *vignette* un ornement quelconque, gravé en bois, qu'on met en tête du texte. Si depuis quelque temps on est dans l'usage de les faire exécuter en taille-douce, c'est toujours une *vignette*. Le grandeur ne sauroit en changer le nom; & voilà ce que *M. l'Amateur* ne sauroit comprendre.

comme je n'en doute point, je vais
choisir par gradation des sujets beaucoup
plus petits; je descendrai même, s'il le
faut, jusqu'au format de l'*Almanach Rai-*
*sonné*, auquel, par parenthése, une gravure ne feroit point mal; car si ces pe-
tites estampes, qu'il appelle des *vignettes*,
sont les *vrais passe - partout - des livres*
*médiocres*, que l'Auteur est modeste de
n'en avoir point fait usage!

Cette digression nous a un peu écarté;
mais elle étoit peut-être nécessaire, afin
de pouvoir s'entendre, & de mettre
encore une fois *M. l'Amateur* en con-
tradiction avec *M. Cochin*, qui, pour
désigner ce genre, se sert de cette
dénomination, *Gravure en petit*. Je n'en
suis point le Défenseur exclusivement;
je conviens même qu'il seroit à desirer
que les Graveurs s'occupassent plus fréquemment à produire de grands sujets;
mais on en pourroit dire autant de la
Peinture : & si le goût du Public ne

répond pas aux vœux des Artistes, ce
n'est point à ceux-ci qu'il faut s'en
prendre ; à moins qu'il ne soit entré
dans les vastes projets de M. l'Abbé le
Brun d'opérer une révolution subite
dans les Arts : mais je crois qu'on peut
se permettre d'en douter. Le *Sage* &
l'*Amateur* ont beau s'évertuer, & prendre un ton burlesquement emphatique,
pour recommander aux Artistes d'avoir
des mœurs ; appeller les uns Peintres de
*Bamboches*, qui veulent *abattre le trône
de l'Histoire* ; reprocher aux autres qu'ils
s'exercent dans un *genre pauvre, qui
tient plus à la routine d'un homme médiocre, qu'au desir de se faire une réputation* ; on rit aux dépens du *Sage* & de
l'*Amateur.* Ici, par exemple, ce dernier
soutient hardiment que la *Gravure en
petit,* dont l'opération est prompte,
*arrête le jeune Artiste né avec des dispo-
sitions heureuses, & dissipe le premier feu
de son génie.* Courage, M. l'*Amateur,* à
merveille ! Mais vous n'avez donc ja-

mais vu les chefs-d'œuvres des *Callot*,
des *la Belle*, des *le Clerc* ? A qui
perfuaderez-vous que ces-Artiftes n'ont
point eu de *génie* ? Il ne falloit pas au
moins avoir la mal-adreffe de citer la
lettre de M. *Cochin*, & d'avouer que
*fon opinion eft celle de tous les Amateurs
éclairés.* Vous ne vous appercevez donc
pas que tout ce que vous dites-là eft
diamétralement oppofé aux fentimens
de ce favant Artifte ? Ainfi, d'après
votre décifion même, dans quelle claffe
d'Amateurs faudra-t-il vous placer ? En
attendant, cela ne vous empêche pas de
décider que *ce genre ne fit jamais l'occu-
pation férieufe d'un Académicien, encore
moins la gloire d'un Graveur qui afpire à la
couronne Académique.* On peut appeller
cela une fortie vigoureufe, foudroyante.
Mais en confcience, M. *l'Amateur*, di-
tes-moi, avez-vous pu imaginer que
vous feriez accroire ces belles chofes-là ?
Quoi ! vos profondes connoiffances n'ont
pu aller jufqu'à vous apprendre que

*Sébastien le Clerc* fut de l'*Académie* ; que cet homme célébre ne dut *sa gloire* qu'à ce *genre* que vous appellez *maigre & bizarre* ; que Louis XIV récompensa les talens de cet Artiste par une pension de 1800 liv. ; qu'il lui donna un logement ; que ce ne furent pas les seuls bienfaits qu'il reçut de ce Prince ; que le Pape Clément XI le décora du titre de Chevalier Romain, &c. L'on n'a point prétendu parler des anciens Artistes, dira peut-être l'*Amateur*, pour pallier ses absurdes raisonnemens ; ce sont de ceux qui exercent aujourd'hui ce genre *mesquin, sec, négligé, l'écueil de la Gravure*, & qui lui fait la *plaie* la plus profonde. Eh bien ! M. l'Amateur, il faut vous choisir un exemple parmi les modernes, & qui puisse en même temps résister, combattre & détruire la force de vos argumens. « La manière dont on » traite la Gravure en petit, est très-» différente de celle qu'on employoit » autrefois, dit *M. Cochin* : c'est pour-

quoi il l'appelle un *nouveau genre* , puifqu'en effet la variété du ftyle s'y trouve
jointe à l'harmonie du clair-obfcur; que
c'eft le genre de l'hiftoire en petit,
» exécuté de la maniere la plus aimable,
» & prefqu'auffi terminé que les grandes
» eftampes. J'ajoute à cela que *M. Cochin*
eft de l'*Académie* ; que le feu Roi,
pour récompenfer fes talens , le fit
Chevalier de fon Ordre, & que la plus
grande partie des œuvres de cet Artifte
eft compofée de fujets en petit, que
l'*Amateur* appelle *des vignettes* : genre
dans lequel cependant il s'eft acquis la
plus brillante réputation. Il faut donc
qu'il foit compris dans le terrible ana-
thême , & qu'il partage les honnêtes
épithètes qu'on lui prodigue fi libérale-
ment. Oh! pour le coup , M. l'*Amateur* ,
ceci n'eft point une *bévue* : je ne fais
même quel nom lui donner ; & ce ne
fera pas ma faute , fi quelqu'un s'avife
de vous dire avec *Apelle* : NE SUTOR
ULTRA CREPIDAM.

On pardonne toutes les inepties qui peuvent échapper à l'ignorance ; mais on voue au mépris & au ridicule des gens qui insultent au génie , quelque part qu'il se trouve.

Avant de quitter cet article , j'aurois voulu dire un mot du second *écueil* dont il est parlé ; mais j'avoue que je n'y ai rien compris. J'y trouve *un ton noir,* ... *des masses noires,* ... *des tailles courtes,* ... *des hâchures quarrées..* , &c. c'est-à-dire, une douzaine de mots techniques, qui se trouvent là comme s'ils y étoient jetés au hasard , à travers lesquels je crois pourtant appercevoir qu'on reproche aux Graveurs des défauts entierement op-posés l'un à l'autre ; & voilà ce qu'on appelle un *écueil* ! La seule chose que j'imagine , c'est qu'il seroit aussi injuste d'apprécier la Gravure sur une estampe médiocre, ou sur les notions indigestes contenues dans cette *Lettre* , que de juger de la Littérature, ou du mérite des Auteurs qui ont écrit sur les Arts , d'après la diatribe de M. l'Abbé le Brun.

Nous voici donc enfin arrivés à l'article de la Gravure ; article dans lequel
l'Auteur paroît s'étendre avec le plus
de complaisance, annoncer le plus de
sagacité, de connoissances, & consé-
quemment aussi celui qui renferme, je
ne dirai pas le plus de *bévues*, mais de
choses singulières, uniques, incroyables !
Vous y verrez, Monsieur, des Artistes qui
ont plusieurs noms, plusieurs femmes,
plusieurs demeures, & qui changent de
toutes ces choses-là au gré du caprice
de M. *l'Abbé*. Vous en verrez d'autres
qui auront fait des ouvrages dont ils
n'ont jamais entendu parler. Tout cela,
je vous jure, m'a paru curieux & diver-
tissant. Les classes & les genres, comme
vous pensez bien, n'y font point oubliés.
Parcourons-les succinctement, en sui-
vant les divisions si sagement établies
par l'Auteur, *afin que chacun soit à la
place qui lui convient.*

Dans les Graveurs d'Histoire, on
trouve

trouve *MM. Levaſſeur*, *l'Empereur* & *Flipart* avant *M. Cochin*. Vous êtes trop bon, *M. l'Abbé* ; à votre place, moi, je l'aurois mis tout de ſuite dans la derniere claſſe, avec les *Graveurs de vignettes* ; car vous ne vous doutez ſûrement pas qu'il a traité quelquefois l'Hiſtoire en grand, puiſque, ſelon vous, *ſes talens brilleroient davantage dans le genre noble?* C'eſt auſſi pour mettre *chacun à la place qui lui convient*, qu'on trouve *M. le Bas*, qui a pareillement gravé des ſujets d'Hiſtoire, après *M. Cathelin*, qui n'en a jamais fait un ſeul, quoique *M. l'Abbé* ſoutienne qu'il *grave l'Hiſtoire avec beaucoup de ſuccès.* Je ſais que *M. Cathelin* a gravé pluſieurs portraits très - eſtimés , & très-dignes de l'être; mais je deſirerois bien que l'Auteur nous fît connoître quelques-uns de ſes ſujets *d'Hiſtoire* : cela ſeroit curieux , par exemple ! Vous croyez ſans doute que *M. de Saint-Audin,*

C

rue du Roule, eſt un autre Artiſte que
M. de Saint-Aubin, Graveur de l'Académie Royale, rue des Mathurins?
Non, Monſieur; c'eſt la même perſonne,
mais il a plû à l'Auteur de l'envoyer
loger dans la rue du Roule, en eſtropiant
ſon nom; de même que M. Paſquier,
Graveur, Elève de Cars, eſt le même
que le ſieur Paquet, à l'article des
Marchands d'eſtampes (*). L'on a mis
MM. Bonnet & Janinet, Graveurs dans
la manière du crayon, dans une claſſe
qui précède celle où l'on trouve MM.
Drevet & Tardieu, Artiſtes d'une réputation diſtinguée, afin que chacun ſoit à
la place qui lui convient! Dans la claſſe
des Graveurs de Payſage & Marine, on

_____

(*) L'Auteur de l'Almanach ſemble avoir pris plaiſir à
eſtropier les noms, pour avoir occaſion de les rétablir
l'année prochaine; témoins ceux-ci, que je prends au
haſard: PAT, pour Patte; ALISER, pour Alizart;
MALHEURE, pour Malœuvre, &c. Sans doute auſſi
qu'une autre fois, M. l'Abbé ſe donnera la peine de
relire ſon Almanach.

trouve entr'autres Artiftes, qui n'en ont jamais fait, *MM. Prévoft & Simonet.* Le premier, comme on l'a vu, eft l'auteur de l'eftampe du frontifpice de l'Encyclopédie, de celle de l'*Hiftoire de France, d'après les deffins de M. Cochin,* &c. Cela reffemble beaucoup au genre de l'Hiftoire, fi je ne me trompe? Le fecond eft connu par *quelques eftampes agréables, d'après Baudouin.* Ils doivent être auffi furpris l'un que l'autre, de fe voir cités avec les Graveurs de *Payfage & Marine*; car ni l'un ni l'autre n'ont jamais gravé ni *Marine* ni *Payfage*: & fi on les a mis dans cette claffe, ce n'eft fûrement pas *afin que chacun fe trouve à la place qui lui convient.*

On remarque parmi les Graveurs *M. Moreau le jeune,* Deffinateur d'un rare mérite, parce qu'en effet il grave en petit, & que fes eftampes réuniffent agréablement le génie, le goût & l'efprit dont ce genre eft fufceptible. Mais ne tremblez-vous point, Monfieur, de voir cet

Artiste confondu avec les Graveurs de *vignettes* , & enveloppés dans la proscription générale?.. Mais non , dissipez vos craintes, *M. Moreau* a eu le bonheur de trouver grace, aux yeux de *M. l'Abbé.* Reste à savoir, direz-vous peut-être, quel rang il occupe dans l'*Almanach Raisonné.* Quel rang? Le dernier des *Graveurs à l'eau-forte.* Si vous me demandiez ce que l'Auteur veut dire par ces mots, *Graveurs à l'eau-forte*, je vous répondrois que probablement il n'en fait rien lui-même, ce qui me seroit très-facile à prouver ; car s'il a voulu former une *classe* particulière des *Artistes* qui n'emploient que l'*eau-forte* uniquement, il ne falloit pas y placer, ainsi que plusieurs autres, *M. de Marcenay*, parce que les ouvrages de cet Artiste n'ont pu être terminés sans le secours du burin , & qu'excepté les Graveurs de portraits , avec quelques-autres en très-petit nombre, qui n'opèrent qu'avec le burin, tous en général font usage de

l'*eau-forte* ; mais il falloit bien faire des
*divifions*, *des claffes*. Eh, qui n'admireroit
la fagacité de l'Auteur , & la perfé-
vérance avec laquelle il a opéré ce
grand-œuvre !

Conftant dans la haine ridicule qu'il
a vouée aux *Graveurs de vignettes*, il
les pourfuit fans relâche ; & s'il eft
obligé d'en nommer quelques-uns, fon
dépit fe rallume. Mais bientôt, pour fe
venger, il en accolle plufieurs enfemble,
& les relégue malicieufement au dernier
rang, après les Graveurs d'ornement,
de décoration , d'architecture , &c. :
nouvelle manière de faire des épigram-
mes, dont s'applaudit l'Auteur , ainfi
que d'avoir fi bien réuffi à mettre *chacun*
*à la place qui lui convient*. Malheureu-
fement il eft arrivé tout le contraire :
mais ce n'eft pas la faute de M. *l'Abbé* ;
car, il faut lui rendre juftice : indépen-
damment des fecours admirables que
lui ont procuré fon *Sage* & fon *Amateur*, il a encore eu la modeftie de

demander des conseils; mais bien entendu qu'il s'étoit réservé le droit d'en
faire l'usage que sa prudence lui dicte-
roit. Je vais en finissant vous citer un
trait qui pourra servir de preuve à ce
que j'avance.

Dans les renseignemens qu'on lui
avoit procurés pour quelques Artistes,
il y en avoit un où l'on rendoit justice
aux talens de *M. Delaunay*, qui traite
avec succès l'Histoire, le Portrait, le
Paysage, & auquel la superbe édition
de l'Arioste, qu'on vient d'imprimer en
Italien, doit une grande partie de son
éclat; mais le *Sage* ou l'*Amateur* de
M. *l'Abbé* lui auront malheureusement
fait remarquer que cet Artiste grave
aussi des *vignettes*..... Comment! il
grave des *vignettes*; aura dit l'Auteur
cédant à son courroux? qu'on supprime
la note, & qu'avec quelques-autres, il
soit relégué au dernier article de la
dernière classe... Ce que j'observe au
sujet de cet Artiste peut s'appliquer

également au plus grand nombre de
ceux dont il eft parlé dans ce judicieux
*Almanach ;* & donner de la fagacité de
l'Auteur l'opinion la plus avantageufe.

Je me fuis un peu arrêté fur la Gravure, parce que M. *l'Abbé,* comme on
l'a vu, a fait fur cet Art de plus profondes recherches que fur les autres ;
mais je ne finirois pas, fi j'entreprenois
de vous parler de la brillante nomenclature des *Blanchiffeurs, Verniffeurs,*
*Fondeurs, Cifeleurs, Doreurs, Colleurs,*
*Raccommodeurs d'eftampes,* &c. (*)
pour fe ménager la bienveillance de
tout le monde, l'Auteur a eu la

---

(*) A l'égard des Marchands d'eftampes, on pourroit
ne point défapprouver l'Auteur d'en avoir parlé : ils font
aux Artiftes ce que les Libraires font aux Gens de Lettres.
Mais il falloit du moins fe borner au petit nombre de
ceux dont les magafins font généralement affortis, & qui
joignent à l'exercice de leur commerce le goût & la
connoiffance des Arts : tels que les fieurs *Joullain, Bafan,*
*Chereau,* & quelques-autres, qui auroient pu donner de
bons avis à l'Auteur, & lui empêcher de commettre
bien des *bévues.*

précaution de faire à chacun un petit compliment en particulier : mais c'est sans tirer à conséquence pour l'avenir. *Nous les combattrons l'année prochaine,* dit, l'Auteur en parlant de *certains Marchands qui se permettent des supercheries :* ainsi le cartel est donné ; la lice sera ouverte, & il y aura combat à outrance entre les *supercheries & M. l'Abbé le Brun.* On promet encore pour l'année prochaine un détail bien circonstancié de tous les objets qui composent les ventes de tableaux, deſſins, estampes, &c. qui se feront tant à *Paris que dans le Royaume.* Il est à présumer sans doute qu'on aura l'attention de copier fidèlement tous les catalogues qui s'impriment pour chaque vente ; & vous jugez bien que cela ne pourra manquer d'être très-utile & même très-avantageux pour le Public, parce que ces catalogues ne se vendent point ordinairement, au lieu que l'*Almanach des Artistes* coûte trente sous

L'Auteur mérite d'ailleurs les plus grands encouragemens ; son zèle éclairé lui suggère efficacement tous les moyens possibles pour obtenir chaque année les plus heureux, les plus brillans succès. J'oubliois de vous dire qu'il se propose encore de mettre à contribution le *Voyage Pittoresque de Paris* par M. *d'Argenville*, Ouvrage qui est entre les mains de tout le monde, afin de détailler amplement tous les cabinets des Amateurs.

Ainsi, Monsieur, voilà des matières pour plus de trente ans ; voilà de quoi renouveller cinq ou six fois le privilége de cet important Ouvrage : & vous n'avez que faire d'appréhender que cette source féconde vienne à tarir de sitôt. Mais ce que je craindrois davantage, c'est que le Public & les Amateurs éclairés ne voulussent point s'en rapporter entièrement aux profondes connoissances, aux lumières & aux décisions savantes de l'Auteur, pour apprécier le

mérite des Artistes, & que ceux-ci
n'aient jamais besoin des secours de
M. *l'Abbé le Brun*, ni de ses deux Acolytes, pour acquérir la distinction &
la gloire, qui font la plus digne
récompense de leurs talens.

*F I N*

www.ingramcontent.com/pod-product-compliance
Lightning Source LLC
Chambersburg PA
CBHW061711180626
46818CB00003B/1358